KB156699

돌매화

한그루
시선

돌매화

최원칠 시집

自
序

  늦은 나이에도 가슴 깊은 곳에 포란抱卵한 채 언젠가 부화孵化의 날을 꿈꾸어 왔는데, 0.005mm 바이러스 비말飛沫이 부질없는 일상의 발을 묶자 뜻밖의 빈전이 이뤄졌습니다.

  시적 대상인 자연과 사람에 집중하다 보면 참으로 한없는 경이로움에 빠져듭니다. 그 경이로움이 시작詩作의 원천이며 시인은 상응한 대필자에 불과할 뿐입니다.

  시는 심상心象이 내연內燃해서 시인과 내연內緣 관계를 맺고 피어난 꽃이며 넘치는 봇물이며 패인 상처이며 마른 갈증입니다.

소중한 것들이 죽어가고 있습니다. 이미 죽었습니다.
다시 회생할 기미도 없어 보입니다.
세화 오일장 붕어빵 뜨거운 팥에 입을 데었습니다.
참 위험한 세상입니다.

하루를 배웅하고 또 하루를 마중합니다.
남은 날을 극진하게 모셔야 할 까닭은 분명합니다.

차례

제
1
부

사랑의
이름으로

벚꽃

개화하는 순간을 볼 수 있었다면
이다지도 놀라움이 컸겠습니까
맨몸으로 겨울을 견디고
가지마다 물이 오르고 꽃눈을 달고
붉은 유두처럼 봉긋하더니
팝콘 터지듯 일제히 피어나는 기습에
어안이 벙벙합니다
웬만하면 지나칠 무심한 시선들마저
한동안 붙잡아 놓고 맙니다

한낮 태양보다 강렬한
흰빛 성찬에
마음 둘 곳 모릅니다
몸 둘 곳을 모르겠습니다
원치 않아도 불쑥 찾아왔던 사랑처럼
가을에 떠났던 불귀의 옛사랑처럼
사랑이 피고, 지는
관조의 능력을 가졌다면

이토록 감당 못 할 몸살이야 났겠습니까
이 순간이 영원할 줄 알았다면 무턱대고
소심한 가슴 철렁 내려앉았겠습니까

그보다 먼저 피어났을 서늘한 가슴속에도
꽃 그림자 길게 남아 있음을
이제사 알게 되었습니다
잇몸 드러나게 환하게 웃던 날들이
두 손 가지런히 내어 주셨던 그 순간이
찬란한 벚꽃 그늘 속에 피어났음을

첫사랑

초등학교 4학년
경자라는 여자아이가 있었습니다
눈빛이 깊었지만
제일 약해 보이는 아이였습니다
까만 주름치마에 분홍색 누비저고리를 입곤 했는데
길가 코스모스가 필 때는
흡사 그 아이가 피는 것만 같았습니다
치마에 까만 씨앗을 받아내는 모습에
유난히 마음이 가는 아이였습니다

어느 봄날
동 트기도 전에
감나무 밑에 떨어진 감꽃을 주워 와
알알이 무명실에 꿰어
감꽃 목걸이를 만들었습니다
등굣길에 애간장 녹이며 기다렸다가
얼른 그 아이의 목에 걸어 주었습니다
두 아이의 볼에 잠시
홍시가 피어났습니다

건넨 뒤
도망치듯 뛰어가는
녀석의 엉덩이에서
마른 풀잎 몇 개가 떨어졌습니다

명옥헌* 배롱나무 아래서

흐드러진 봄날

온 들녘 들쑤시고 다녀도

당신 그림자 한 올 뵈질 않았네

혹시 그대 오시라 꽃 편에 줄 소식 전해도

무정한 당신 기별 한번 주지 않았네

내 가슴 봄바람에 부르트고 문드러져도

무심한 당신 눈길 한번 주지 않았네

여름 한철

백일 동안의 사랑이 허락된다면

손끝 하나 해찰 없이 그대를 안고 싶다네

아침 이슬 되어 그대 곁에 머물다

저녁 노을 곱게 물든 당신 그림자에 묻혀

고요히 지고 싶다네

밤이 되어 정자 연못에
네 분홍의 입술 떨구거든
그때서야 이 세상 단 한 번
달빛 입맞춤을 보낸다네

* 명옥헌: 전남 담양에 위치한 원림, 배롱나무 명소

구절초

서리가 내리기도 전에
피어납니다
산과 들에 저절로 피어납니다
꽃자리 아닌 곳에도 무더기로 피어납니다
연한 분홍의 꽃잎은
이내 산바람 되어
무심한 가슴을 흔들어 놓습니다

낮은 목소리로
산도 외롭고
들도 외롭답니다
감당 못 할 늦가을 오기 전에
무서리 치기 전에
내 맘 받아주오
내 몸 받아주오
마른 몸 당신의 베갯속이 되어
오래도록 머물게 해 주오

필 대로 핀 11월의 구절초

순백 꽃잎의 가는 손

심장 위에 얹히면

숨이 멎습니다

수수하고 희디흰 내 사랑 구절초여

공

공이 울린다
사각에 갇힌다
오직 둘만이다
승부를 내야 한다

이미 밖의 사람은 없다
막 충전이 끝난 밧데리가
부딪히는 순간은 격렬하다
사정 볼 것 없이 사정한다
블로우가 난무하고 트릭과 기술이 넘친다
무모한 첫날밤의 정사처럼

룰이 그렇다
바로 끝나면 재미없지
다시 공이 울리고
달아오를 대로 달아오른 둘은
뜨겁고 뜨겁다
오래 끌 이유가 없다
바로 결판을 낼 태세다

갇힌 방은 오붓하다

전 합에서 상대를 파악한 둘의 매칭은
제법 궁합이 맞아 떨어진다
치고 받고 때리고 얻어 맞고
난타 속에도 질서가 있다

합이 거듭되자
몸이 풀리고 마음도 풀린다
이젠 긴장 따윈 없다
때리는 것도 거침없고 맞는 것도 편하다
단련된 몸은 정신을 지배한다

허나 체력엔 장사 없다
마지막 합이 다가오고
둘의 크린치가 잦아진다
서로 껴안을 때마다 펄떡거리는
심장 소리를 나눈다
망치질하듯 맞부딪히는

뜨거운 몸을 느낀다
땀이 섞이고 호흡이 가쁘다

스톱!
떨어지는 몸에, 갑자기
허전함이 엄습한다
박스!

우리는 왜 싸우는 걸까?

마지막 공*이 울리기 전에 묻고 싶다
몸은 괜찮나요?
아직도 헝그리하신가요?

더 늦기 전에
마른 사랑일지라도
좋은 거죠?

* 공(gong): 복싱 경기에서 라운드 시종을 알리는 신호기

고해

바람 인다
가슴속 한 가닥 그리움 인다
탱자 흰 꽃 언덕길에
아르노 강가에서 마주친 베아트리체처럼
단 한 번 검은 눈빛만 남겨놓고
흔적도 없이
지나간 바람이었다

그레고리안 성가곡이 울려나오고
바치는 성모송이 아프다
그 시절
젊은 이마는 빛났고
검은 머릿결은 출렁였다
이젠 바람결에 전해야 한다
바람 불면
늘
그리 아세요

지심동백 只心冬栢

복사꽃 필 적 만나
동백 질 때 가셨나
암만 생각해도 기가 막히지
지심* 갯바위
마음만 두고 어데 갔나

쓸려 간 지아비
다시는 오지 않고
오십 년 지킨 마당
붉은 동백 툭 툭 지네

다 잊었는데 다 잊었는데
지는 꼴 보기 싫어
저 홀로 낙화한 그늘 밑
꽃무덤이나 지을까

정녕
요것들이 환장을 했지

후두둑 찬비에 동백꽃 따라 지네

어허 어허야 어허

떨어진 붉은, 심장

목놓아 길을 트네

* 지심: 거제도 동백섬

우리 사랑

볼 날 손꼽아 기다립니다

기다리는 시간은 더디기만 합니다

더딘 순간을 아끼고 아끼며 그리워합니다

그리워하는 것은 시간이 아니라

정작 당신이기 때문입니다

윤슬

당신과 내가 물과 빛으로 만나
어느 깊은 계곡 인적 드문 호수에 살았다면
당신은 순한 가슴으로 부서지는 금빛 조각들
한없이 받아 주셨을 테죠

별이 쏟아지고
맑은 밤하늘 타고 내리는 은은한 달빛
이 세상 가장 설레는 가슴으로
조용히 흔들리며 스며들게 하셨을 테죠

비 내리는 박명의 오후에는
빗줄기 속에 흐르는 소나타를 들으셨을까요
검은 호수에 하염없이 눈발이 내려앉는 날에도
말없이 받아 다독여 주셨을 테지요

당신과 내가 만나
바람 불고 햇살 섞이는 날
일렁이고 뒤척이며 스며들고 물들어
아름다운 무아레 사랑으로 빛날 테지요

이별

누구라도
떠나는 뒷모습은
짠하다

그 뒤에 남긴 그림자는
가뭇없이
아프다

대지의 사랑

바람기라곤 없는데
모든 걸 허락하는가
무시로 속살 파고들어도
하염없이 받아들이는
어느 허름한 규방의 자비인가

목로처럼
늘 그 자리
마른 술잔에 담겨
타는 입술 적셔주고
말도 없이 사그라지는
대지의 여인이여

이른 봄날
깊이 깊이 빗물로
스며들어
무엇으로든 환생해도 좋으리
무엇으로든 적멸해도 좋으리

넌 안고
울었네

손풍금 Accordion

바람으로, 널
일으켜 깨워
시공 없는 곳으로 떠나리라

켜켜이 주름진, 가슴
뜨겁게 뜨겁게 풀무질하여
망각의 바다로 데려가리라

두 팔 가득 널
안고서
한순간도 놓지 않으리

가는 길에 숨이 차면
떨리는 손으로
바람의 길을 만드리라

오직 우리 둘만의

음색과 호흡으로

노래하리 춤추리

저무는 강가

왜가리 날개 접으면

고요한 사랑 얹으시이

함께 숨 쉬리 함께 고독하리

아다지오*_{Adagio}에서 아도로**_{Adoro}까지

미명이다

새벽길 나선다

잿빛 먹구름 무겁다

음악을 켠다

뉴트롤즈 아다지오

난 지난밤

죽었던 것일까 잠들었던 것일까 꿈꿨던 것일까

달리는 박명의 산록도로는 장엄하다

적진을 향해 돌격하는 첨병이다

일전불사다

로드킬

이른 사냥길에 그렇게 죽었다

벌겋게 뜬 눈으로

1,000루멘 헤드라이트를 안고서

치어 찢기고 깔아 뭉개진 핏빛 껍데기만 남긴 채

그는 떠났다

비릿하다

더 이상 그를 기다리는 건 없다

아도로

장송곡이 아니다 장렬할 이유도 없다
너와 나는 결코 많은 걸 원치 않았다
뭔가 크게 걸어 본 적도 없다
이 세상 살다 간
좀비에게 필부에게, 바치는
한 송이 꽃이다

* 아다지오: 아트락밴드 뉴 트롤즈 연주곡
** 아도로: 비키 카 노래

유치환, 김춘수 그리고 통영

한 시인이
의미와 눈짓 사이에서 갈등할 때
하루 두 번
충만하는 자궁에
굴쩍처럼 여물어 가는
넘치는 사랑이여

서피랑 노을빛 곱게 내려오면
빠글빠글 뒤엉켜 섞이는
몸살 나는 인정
애닯게 들려오는 저녁 종소리

누군가 마구 흔드는 노란 손수건

나는 너에게
사라진 우체국 창문 앞에서
편지를 쓰고 그리워하고
따닥따닥 껴안은 노포 사이로

호젓한 갯내음 들면

올망졸망 동피랑 벼랑에

뜨거운 가슴 매달아

피어나지 못할 사랑 있을까

배어 들고 차오르는 꽃그림자 질 때

여인

칡냄새 풀풀 날리며
그녀가 오고 있다
숱 많은 검은 머리를
갈기처럼 출렁이며
멀리서 걸어온다
천천히
혼자서 온다
그녀의 걸음 속에는
캔사스의 음성이 들린다
마른 음성은
바람 속으로 먼지가 되어 날린다
깊은 눈빛과 오래 그을린 피부는
한눈에도 먹먹하다
아주 오래된 영화 속에서
툭툭 털고 일어나
열렬한 고독의 악세서리를
주렁주렁 매달고 그녀가 온 것이다
옛 기억처럼

애증의 그림자가 길게 깔리고
우리는 멜라닌 사프카의
가장 슬픈 음악을 들으며
밤 깊은 카페의
마지막 손님이 되었다

여자만*汝自灣

사는 게 심심해서 가셨나요
노는 게 시시껄렁해서 떠나셨나요
목숨 걸고 덤비는 것 놔 버리고
무엇하러 거기까지 흘러 가셨나요
어쩌다 내가 이런 꼴이 됐냐고
여러 밤낮 퉁퉁 부은 얼굴로
찾아낸 단 하나의 길이었을 테지요

이쯤 그 갯벌엔
피조개 달거리하고
바지락 물이 오를 대로 올라
엘랑비탈의 향연인가요
여자만에 '우리가슴'** 띄우고
너 홀로 자유 하신가요

일면식도 없지만
운두도 사이로 떨어지는 일몰과
마지막 저녁참을 쪼는

한 마리 왜가리가 고개를 들 때

격激하게 외롭다는 남자의

뛰는 심장을 대면할 줄

꿈에도 미처 몰랐습니다

찰기시察其始 해서 떠난

그 길 위에

자쾌自快의 동백

피고 지고 피고 지고

트럼펫

긴 산자락 타고
땅거미 짙게 깔릴 때
먼 데서 들려오는 아득함이여
높으나 들뜨지 않는 고요함이여
서서히 밀려오는 소리의 바다여

거역할 수 없는 은자의 방문처럼
아득한 세월 걷어내고 성큼성큼 오신다면
한순간도 망설임 없이
뛰어 나가 맞으리라

원래 폭압의 나팔이었거나
붉은 깃발 아래 묶였다 해도
타고난 반역으로 밀어내 풀려났으니
원 없이 울려 퍼지라
높은 데서 낮은 데로 마음껏 떨리시라

간택의 제물이 되어
담장조차 넘지 못하고
젊은 생을 마친 소화여
죽은 뒤에도 다시 묻힌 넋이여

땅에서 나 하늘에 오르다
능멸의 죄가 깊어
주홍빛 꽃대롱 공중에 매단 채
목이 꺾이도록 기다리고 기다렸나니

가만히 오시라 폭풍처럼 오시라
천년을 서럽게 울었나니
부디 가여워하지 마시라

시인

금방이라도
쪽빛물이 홍건히 밸 것만 같은
가을 하늘 아래 서면

춘삼월 잎보다 먼저 핀
하얀 목련
시린 달빛 속에 툭,
지는 소릴 들으면

저녁 놀 물들고 땅거미 짙어 올 때
먼 곳에서 고요히 밀려오는
트럼펫 파도에 몸이 쓸리고

인적 없는 겨울 산사
눈이 푹푹 내려
붉은 동백 모가지째
후두둑 질 때

시인은

함께 물드는 하늘

뜨겁게 끌어 안고 투신하는 꽃

조용히 다가와 위로가 되는 음악

새벽별 질 때까지 아프게 우는 심정

얼마나 경이로운가

런너하이처럼

그 속에 묻힐 뿐

시인은 시를 쓰지 않는다

초혼 草魂

곡우 무렵
햇살 몇 모금 적시지도 못한 채
참새 혀처럼 뽑혀
제다製茶의 숙명이 되었다

뜨거운 불판 위에서
생명의 푸른빛이 살해되었고
덴 몸은 수없이 뒤척여져
쌉쌀한 비명을 지르며 덖였다

성한 데 한 곳 없는
유년의 고난 속에
화상 투성이로 짓물러
마지막 핏방울까지 뱉어 냈다

절명의 순간에도
제멋대로 뒹구는
절간의 염불 소리를 들었다

황혼

그때는 청춘이었을 옛 포구를
끝내 찾지 못하고
돌아서는 노부부의 등 뒤에
석양 빛이 물들고

가베 너 테라':
수수한 연인의 탁자 위 맥주잔에
붉은 노을이 담겼다가는
비워져 사라진다

뻘게는
긴 갯벌 위 마지막 온기를
등 껍데기에 얹고서
귀가를 서두르는데

젊은 날 라디오에서 들었을
트리움비랏의 음악이 흐른다
말로는 설명할 수 없어요
영원히 이 순간을 간직할게요

우중雨中

비에 젖어
한 여인이 걸어가고 있습니다
흥건해진 몸은
진즉
세찬 빗줄기 속에 있습니다
온몸이 비가 되어
대지를 적십니다
도열한 나목도
일제히
빗속에 뛰어듭니다

지난여름

뭐가 그리 급했을까요
한밤 새고 나니
서늘한 가을이네요
길고 뜨거웠던 폭염 타령에
심술이 나서
황망하게 떠나갔나요

먼 옛날 이른 새벽길
희다 못해 푸른빛 감도는
옥양목 치마저고리에
붉은 댕기머리 올리고
백로 신작로길 떠난 여인처럼
매정하기 짝이 없네요
그날의 뜨거웠던 정념의 순간도
일편단심 작심했던 굳은 언약도
한낱 희미한 백일몽이었던가요

다시 온다는

일말의 기척이라도 주실 줄 알았는데

남겨진 사람 안쓰러워

한 줌 눈물바람 하실 줄 알았는데

그리도 무정하게 떠나갔네요

제
3
부

깊고도
넓은 길

연 鳶

태어나기를
대숲이었다
바람 없는 날에도
스스로
바람 일고
썩고 비루한 세상엔
새벽처럼
서로 서걱대며
날을 세웠고
꼿꼿했던 장죽은
한번의 낫질에
푸른 피를 토하며
시퍼런 죽창이 되었다

눈물이 세상을 덮고
열혈이 강물처럼 흘러도
무념의 구름은 일고

이제
얼레를 떠난 너를 축복해야 한다
가당치 않은 세상에서

지극히 자유롭다

알고리즘

자세히 볼수록 골수 된다
오래 볼수록 꼴통 된다
갈고리즘, 네가 그렇다

알고 보니 고약한 줄 세우기다
가만히 보니 집요한 편 가르기다
일도양단 망나니 칼춤이다

두 줄로 헤쳐 모여라 정렬
원하는 것만 줄 테니 편식하여라 탐색
주고 주고 또 줄 테니 중독되거라 호출

증오와 복수만 키우는 분열주의다
천하에 빌어먹을 독버섯이다
싸움 붙이고 즐기는 불한당이다

우리는

우리는 우리 안에
우리를 친다

우리는 우리 안에
우리를 가둔다

우리는 우리 안에서
우리를 죽인다

우리는 우리 밖에서
우리를 살린다

우리는 우리를 죽이는 우리다
우리는 우리를 살리는 우리다

우리는 살아서 죽는다
우리는 죽어서 산다

달그림자

나이 들어 간다는 것
편안한 잠자리부터
내어 놓는 것

몇 곳의 통증이
파헬벨 캐논 변주곡처럼 교차하고
푸석해진 육신은
밤새 가려움으로 뒤척인다

불면의 몸을 침대 밖으로 굴려
어두운 거실로 나선다
어디선가
낯설고 가느다란 맑은 빛줄기
가전 시그널이거나 미등인 줄 알았는데

커튼 사이로 홀로 스며든 달빛

달빛 따라 홀연히

먼 여행을 떠난다

천 개의 마음을 꺼내 비추며

소리 없이 울다 웃는다

만첩백도 萬疊白桃

서걱대며 일어나는
서릿발
언 땅 절개하고
부서진 칼날 되어
오뉴월에 피어나는
서늘한 울음

누구도 이별을 앞세우지 않는다
누구도 죽음을 건져 올릴 수 없다

사흘 밤낮
시퍼런 작두 위에
스러져간
흰 버선의 여인이여!

어서
화들짝 깨어나
첩첩산중
산 백도로 피어나시라

만족滿足

존경하는 주인님 한번쯤 생각해 보셨나요
저 죽어 없어지면 주인님 혼자 살아질 건가요
저 한평생 밑바닥 생활만 해 왔거든요
근데 가만히 사유해 보니 은근히 부아가 치미네요
인간 구실 하려면 스스로 설 수 있어야 한다 늘상 그러셨죠
그러면 묻겠습니다 주인님은 독립하셨나요
자나 깨나 잘 때는 빼야겠네요
항상 나로 인해 섰고 어디든 가셨잖아요
그 썩을 놈의 연애인가 사랑인가 할 적에
허구헌날 순이 집 열불나게 들락거릴 때
저 하마터면 발병 나서 죽을 뻔했잖아요
소인이 데려다 주지 않았으면
무슨 재주로 몸살나게 껴안고 비빈대유
그 빛나던 첫사랑도 없었을 테쥬
그 밖의 등등 말씀 안 드려도 잘 아시겠죠
만일 제가 조금이라도 태만했다면
오늘날의 주인님이 존재하시겠습니까
자꾸 수고手苦했다 하시는데요

64

오늘부터 제가 역사를 새로 쓸랍니다

족고足苦하셨습니다

연민

손가락 끝에 티끌만 한 가시가 박혀도
불편해서 안절부절 못하잖아

눈에 눈에 보이지도 않는 작은 이물이 껴도
까칠해서 야단법석이잖아

그 고운 눈에 다래끼라도 돋으면
안대 칩네 수술합네 발칵 뒤집히잖아

목구멍 포도청에 가시라도 걸리면
캑캑대고 음식 몰아 넣고 응급실 가잖아

생인손이라나 손가락 종기 나서 곪으면
쑥쑥거려 미쳐 자빠지잖아

뙤약볕에 조금만 노출되어도
수포 잡혔네 화상 입었네 요란 발광 나잖아

이른 봄날 그리움 사무치잖아

살아 있는 것 산 채로
자르지 말아요 삶지 말아요 굽지 말아요

관음

끝없이
끝없이
낮은 곳으로

감출수록
압도하는 그대 목소리

세상 모든 소음
한데 거두고

스스로
적멸하는
절대 침묵

자네 왔능가

흙 담길 채송화 닮은 형수가
얇은 미소로 맞는다
이내 두 사내는 애시당초
버거운 사십 년을
데려와 추억한다

푸른 시절이었다
밥 먹듯이 라보때* 했을지라도
눈빛만은 살아서 뜨거웠다
앞에 놓인 현실을 직시하며
등사로 손에 못이 박혀도
뿌렸던 시대정신은 별빛만큼 또렷했다

화려한 외출
군홧발에 짓뭉개져도
뜨거운 심장은 터질듯 펄떡였다
찔레꽃 순정일랑 탱자 가시 위에 걸어두고
죽은 자를 따르리 죽은 자를 따르리

아우 떠난 빈 길

그립다 그립다며 보내주었으나

암만 봐도 빨간 우체통만

우두커니 서 있네

* 라보때: 라면 곱빼기 아닌 보통으로 한 끼 때우기

이대로

쓰러진 나무 등걸 베고
바람 먹고
햇살 덮고
이슬 맞으며
있는 듯
없는 듯

잠들고 싶다

그쟈

늘
그대로 그렇습니다

스스로
그러합니다

애당초
이런 날이 올 줄
왜 몰랐겠습니까

제
4
부

자연, 몸,
그 아포리아

봄

조팝스럽고
쥐똥스럽고
찔레스럽고
냉이스럽고
수선스럽고
쑥스럽기까지 합니다

봄까치도 눈 흘기며 반깁니다

숲

숲에 들어섭니다
숲 냄새 가득합니다
순식간 온몸에 스밉니다
그보다 선명한 경계는 없습니다

아무도 없는 숲길을 아껴 걷습니다
이는 바람에
나뭇잎 팔랑거리는 소리가 들립니다
굴참나무가 말을 걸어 옵니다
수런수런 숲속 밀담을 모두 듣고 말았습니다
저마다 우는 새소리도 나눠 듣습니다

숲길이 이어집니다
숲내음 아득히 배어들고
정갈한 득음으로
팽개쳐진 영혼은 성소가 됩니다
천천히 걸으며, 스스로

한발 한발 땅과 교접하는
발자국 소리를 듣습니다
아직 끝나지 않은 그 길에서

홀로 적막한 숲이 됩니다

찔레꽃

찔레꽃 향기
그윽한 길
홀로 걷습니다

일생 걸어온 걸음걸이
지워버리고, 전혀
새롭게 걷기로 작정합니다

아주 천천히 천천히
왼발 오른발
걸음마를 시작합니다

오랜 세월
무심코 어질러진
한 걸음 한 걸음
순결한 꽃잎에 씻어냅니다

제단에 바치는 공물처럼
정성을 다해
고쳐 또 고쳐 걷습니다

내딛는 걸음마다
하얀 찔레꽃 그림자
고요히 고요히
떨어집니다

몸

꽃은 늘
그 자리 피고
꽃 그림자 지고
핀 그 자리
제 모습 그대로 내려놓는데

한번
무너진 몸
몇 철 다 가도록
수습하지 못한 채
절뚝거리며 울고 있네

다시 꽃 피우듯
시작하는 걸음마

아마도 꽃은 피고 진 게 아닐 거야
철없는 시간만
흘러 저물어 갈 뿐

상처

한순간
무너지기 전에는 누구도 모른다
지탱했던 모든 것이 비현실이 된다는 것
예전엔 미처 모를 일이다
말로만 들었거나 남의 일이거나

급발진
한몸 같았던 차가 갑자기 총알이 되는 순간
엄청난 충격을 기적처럼
받아 준 오래된 가로수
일격의 벼락죽비 일말의 구원자비
폐차되고 대퇴골이 부러져 허벅지가 접혔다

도저히
받아들이기 어려운 일들은
수도 없이 생기고 아픔을 주고 잊혀진다
구름 일다 걷히듯 홀로 꽃 피고 꽃 지듯
그나마 천만다행이라는 위로가
뼈에 박힌다

수술실

모멸과 존엄 사이 어디쯤일까
줄지어 서 있는 스테인리스 수술대
기계적 마취와 의료기기 부딪히는 소리 가득한
수술공장이다
차디찬 수술대는 섬찟하다
맨몸으로 던져지는 순간 떨지 않을 생명은 없다
온몸을 엄습하는 한기
이미 누구의 몸도 아니다

몸과 마음이 다시 시작되는 걸음마
더딘 시간과의 싸움
몸이 부서지니 정신이 일어나고
몸이 갇히니 영혼이 깨어난다
병원은 병들의 집이 아니라 과원果園이다
저마다 갇힌 채 성찰의 과실을 거두니까

막대기 같은 몸

쭈그러지고 바람 빠져 한없이 무력한 몸

꺾여 말라 비틀어진 버들가지 살아나듯

우렁우렁 되살아난다

아픈 상처

바람 불다 멈춰버린

어느 조용한 바닷가 마을에

소리 없는 투신으로 걸어 놓을 일이다

이슬

몸은 갈 수 없으나
생각만 살아
남대천 산그늘 물속
수차례 껍질 벗겨낸 뒤
늦은 밤
젊은 연인들
뜨거운 포옹 훔치며
기어이 땅 위에 올라
일생을 걸리라

구천동 푸른 계곡 돌아 나와
물푸레 잎사귀 잔뜩 물오르고
플라타너스 가지마다 가는 달빛 팔랑일 때
무작정 뛰는 가슴 밤새 이슬 젖었지
새벽닭 울 때까지 한없이 걸었지

우화, 고작 십 일

노란빛 발광하며

별빛보다 간절하게

강변 숲 천지 치열하게 밤마실하던

피차 우린 밤이슬 먹고 살았나보다

바람

느닷없이
무슨 바람이기에
송두리째 흔들리는가

지금껏 어느 곳에 머물다
이제야 오시는가
그해 겨울 새벽 창가
마구 흔들어 깨운 이
자네였던가

까닭 없이 이는 건 없다지
흔들리지 않고 크는 건 없다지

이립 불혹은 어디며
지천명 이순은 어디에 떠도는가
아직도 마음 끝 이르지 못해
샛바람 이는가 마파람 이는가

여물지 못하고 말라가는 이삭이거나
피지도 못한 채 몸부림치는 꽃이거나
밤새워 뒤채이는 신열이거나
사무치고 사무치는 그리움이거나

그건 부는 게 아니라 울음인 것을
패인 상처 스치는 바람인 것을
한참을 한참을 지난 후에야

바리나물

춘삼월 여린 싹을
새콤달콤 겉절이로 한 입 모시니
톡 터지는 아삭한 식감
목젖을 타고 입맛 돋우는
차가운 나물

흔하게 존재하는 건
정명正名 없는 것인가
야산 돌틈 사이 무더기로 돋아나는
누이야 어미야
달빛처럼 살아 낸 바리데기여

속절없는 탐욕의 위장
가득 채우고 나서야
일말의 눈물 찔끔
흐르다 만다

찬투^{chanthu}

태어나
며칠이면 소멸될 테지만
부드럽게 지나가라며
하얀 수선 닮은
가난한 나라의 꽃으로 왔구나

무슨 은총의 트로피 마냥
사이좋게 나눠 갖는
자선의 폭탄인가
줄 땐 가장 좋은 걸 주라 했는데

세찬 바람 불고
빠끔히 열어 둔 창문 틈새로
빗소리 쏟아 드는 새벽
당신이 내게로 오는 소식

소리 없이 지나는 바람이라면
기적 없이 내리는 빗물이라면

비로소 안도하는 가슴일 텐데

부디 첫눈 올 때까지만 머물라던

세월

한철
북적였을 해변
파장의 깃발 찢겨 나풀대고
늙은 갈매기 시조새처럼 천천히 내리는 참에
툭 튀어 나온 안광에
쥐라기 물이끼 언뜻 스친다

두 번째 드는 밀물
힘에 겨워 뒤채이는 동안
쥐눈이콩만 한 어린 소라게
세 살배기 손에 잡혀 바둥대는데
손자 물놀이 튜브
눈알이 빠지도록 불어대도
쭈그러진 배때기는 꿈쩍도 않네

벌게진 얼굴로
먼바다 눈길 두는데
갈매기 한 마리 끼룩 날아가네

별

별아
사실은 너밖에 모를 시간 속에서
무슨 떨림 있었기에
그토록 영롱하게 빛나고 있나

그 순간에
빛이 있었고
어둠이 생기고
셀 수 없는 별무리 미리내로 흘렀을까

손에 잡힐 듯 가슴에 담을 듯
어둠만 키우는 불가촉의 별아
너를 태우고 떠난 배는
어디쯤 가고 있나

별아
잠시도 쉬지 않고 멀어져 가는 별아
너는 전생에 무슨 역마살을 타고났기에
까마득한 곳으로만 달려가고 있나

제 5 부

샹그릴라,
네 품에서
살다가

선인장

월령*에 갔었네요
금방 오신다기에
정낭 돌기둥 기대 서
한없이 기다리다

그 작은 거처, 차마
가슴에 담지 못하고
눈을 감아 버렸습니다

끼룩끼룩 바닷새 몇 날고
검은 돌담 사이로
갯바람 가득한데
퉁퉁 부은 손바닥 선인장, 노란 꽃만
무정하게 피어났습니다

* 월령: 제주 한림에 위치한 선인장 마을, 제주4·3 피해자 진아영
  무명천할머니 삶터와 길이 있다.

돌매화

백록담 아래
별꽃 피다

억겁 품었다가
차갑게 식어 버린
바위 위에
초롱초롱 별무리 뜨다

지상에 뿌려 놓은
당신의
마지막 눈물일까

그렁그렁 희다

가시리

4월 가시리加時里*에 가시면
이십 리 유채꽃길 노란 주단 깔리고
화사하게 피어나는 벚꽃행차
하늘 향해 일어서면
온통 정신을 놓으셔도 좋을 일입니다

그곳에서는
지나간 시간 되돌리지 말고
다가올 시간 재지도 말아요

가시리에 오시면
시간을 드립니다
충분히 아파해도 좋습니다
원없이 사랑해도 좋겠습니다

* 가시리: 제주도 서귀포시 표선면 가시리

유채꽃 돌담에 피다

평대앓이* 유채꽃밭
노란 꽃대궁 물결
햇살보다 눈부시다

춘분 봄 바람에
몸살나게 흔들리는데

지나는 눈길마다
거둘 길 몰라
성긴 돌담에 갇힌다, 묻힌다

* 평대앓이: 제주시 구좌읍 평대리에 위치한 카페

종이시계[*]

한순간도 망설임 없이
그곳에 갑니다
켜켜이 쌓인
그리움의 해우소

달빛 언덕 위에
매달린
안쓰런 창가에서
'가문동 편지'^{**}를 읽고
함께한 모든 순간이 눈부셨음에
빛나는 닻을 내립니다

다가올
부재를 고해하며
가슴 먹먹하게 듣는
가문동 파도 소리

* 종이시계: 제주시 애월해안로 카페
** 가문동 편지: 카페 종이시계에 걸려 있는 정군칠 시인 詩

차귀도 *遮歸島

정처定處 없는 그대여
볼레기 언덕으로 와요
하얀 무인 등대 아래
퍼렇게 멍든 고구마 순
심고 사시게요
가쁜 가슴은
내려놓고 오세요
다시는
돌아보지 말고
돌아갈 길 없는
차귀에서 살아요

* 차귀도: 제주시 한경면 고산리에 위치한 무인도

향당근 香糖根

그날따라
극심한 서풍이 불었다던가
수천 길 솟아 오른 웅회 잿더미 날아와
쌓이고 쌓인 척박한 땅 뱅디

수많은 일월이 충적되었다 한들
누가 알겠는가
쇠막 옆 두엄 삭을 대로 삭아
사구 언덕에 섞일 때
감수굴 밭담길 워낭소리 들렸나니

웅크려 앉은 새‡ 지붕 앞 폭낭* 한 그루
키 작은 울담가엔 구렁비낭 몇 주
우영팟 도루겡이** 동남으로 앉히면
평대 아방집 이만하면 되수꽈

진드르 알뜨르 아니라 하마터면
삼거리 신화는 누게가 만들었을까

한번 물 준 뒤 끊으면 바로 죽는다 했지
검은 머들 사이로 초록빛 일렁이고
주황빛 뿌리 짱짱하게 밑 들면
이만하면 어떠리 죽어간들 어떠리

* 폭낭: '팽나무'의 제주어
** 우영팟, 도루겡이: 작은 텃밭

머채 *

떠났던 길에서
돌을 만나고
돌을 사랑하게 되었습니다
스무 해가 넘도록
끔찍이 좋아했습니다

돌에 빠지면
결국에는 돌아버린다는
돌챙이 * 말에도
돌부처처럼 꿈쩍않고
가슴 가득 돌을 안아 키웠습니다

돌 때문에 사는 사람이
돌을 제일 잘 안다는 사람이
돌을 돌같이 대하는 게
애초부터 말이 아니었습니다

우리 사랑은

우네* 속에서도 아련히 자라나

비주제* 내린 후에는

상고지* 뜨고

아름다운 머들*로 피어났습니다

머채왓*사이로

청보리 넘실대는 날엔

돌연히

돌아 누운 돌부처가

돌연꽃으로 피어납니다

무더기로 피어납니다

* 머채: '바위'의 제주어

* 돌챙이: 석공

* 우네: 안개

* 비주제: 소나기

* 상고지: 무지개

* 머들: 돌

* 머채왓: 돌밭

공항

당신의 비행기는 17번 게이트에서
탑승을 시작하겠습니다

한참을 서둘러 기다리다
수백 날의 그리움이 먼저 당도하던 곳
너는 등으로 울고
뒷모습 따라가며 홀로 남겨진 곳

떠나고 만나고
또 만나기 위해 떠나는 곳
설렘은 항상 눈물이었던 곳

사무치게 그리워하게 되더라도
부디 소프트 랜딩

길

중산간 유채밭
노랗게 눈물 번지다
그 길 따라 곧장 가면
하늘에 닿을까
검은 바다 이를까

매캐한 연기
거문오름 감싸돌고
풀린 두 발은
돌 밭뙈기 채인다

눈물이 가는 길

눈물만 아는 길

미열 微熱

산천단 무당 집
신이 내리고
무성한 대숲
우수수 일어서며 강신무를 추었으나
칠백 년 곰솔 끄떡도 않네

필연이 접신하여
카페로 내렸는가
현란한 핸드드립
대업종사 이뤘는가

어느 날 바람되어
덩그러니
나무 간판만 서 있었지만

와산 가는 길
우연이 필연되어 만다라 꽃을 피웠네
까마득한 백련차 한 모금에
온몸 돋아나는 미열이라니

제
6
부

늘
내 삶 속의
쿼렌시아

감자꽃

세미오름 숲길 걷다가
앞서 가는 아내를 놀래킬 요량으로
삼나무 뒤에 숨었습니다
한참을 가다
그제사 뒷기척 없음을 알아챈
삼십육 년 살이 아내는
큰 딸아이 이름으로 남편을 불렀습니다
대답이 없자 가던 길 돌아
혼비백산 총총걸음으로
남편을 부르고 또 부르며 찾는 것이었습니다
그녀의 얼굴엔 핏기가 가시고
앞이 캄캄해지는 것이었습니다
장난이 심했구나 직감하며 나타나는 순간
아내는 놀라 털썩 주저앉더니
화난 듯 반가운 듯 남편을 빤히 쳐다보며
한없이 우는 것이었습니다
숲속 섬휘파람새도 따라 울었습니다
그녀를 달래며 집에 오는 길에

하얀 감자꽃 지고

남편은 아내의 손을 꼬옥 잡아 주었습니다

우주

풀벌레 소리 자욱한
초가을 신새벽에
다육이 생잎 뚝 지고
너도 떠났다

떠났다기보다
차마 오지도 못한 채
건너뛰어
먼 우주로
유영의 길을 시작한 것이다

기다리는 인연들이야
그만그만한 아픔과
드러내기엔
너에게 보낼 축복이 초라하지만
그래도 손꼽아 기다렸는데

강렬한 집어등 불빛

불야성을 이룬 밤바다는

잔별마저 삼켜 버렸지만

아직 또렷이 남은 별들을 헤며

함께할 날을 기약했는데

이제 선한 눈 속에

그렁그렁 눈물 흐르고

가슴속에 잠시 머물다 간

너를 보내야 한다

푸른 밤하늘에 유성이 일면

너일 것이다

별이 별을 안아 별 속에 별을 보냈으니

친구

마른하늘에
이 무슨 날벼락인가

찢긴 종소리

풀기 빠진 삼베옷처럼
힘 없이 전해 오는 목소리에 턱,
숨이 막힌다

딱 한 번의 타격으로
언 강바닥 얼음장이
한꺼번에 쩌엉 갈라지는 아픔이다

회비 정리하자며
계좌번호 알려 달라는 카톡문자에
목이 메인다

친구야 약한 맘 먹지 마라
함께 걸었던 그 길가에 붉은 억새꽃

꽃꽂이 피었더라
그대로 살거라
그러다 하얗게 바래
늦가을 바람에 풀풀 날려
첫눈처럼 함께 떠나자

뜬눈으로 뒤척이는 소릴 듣지만
정작 아무것도 해줄 게 없다는 생각에 이르니
하염없이 눈물만 흐른다

천사 같은 친구들이라 했지
모든 이들에게 진정을 다 준
바로 네가 천사였다

견고한 우정은
산도 옮기고 강줄기도 바꾼다지

친구야
함께 그 강을 건너자

무명지

생각해 보면
아우는
형에 치여 없는 듯 살아 왔다
처음부터 그의 것은 없었다
아우는 있고도 없었던
형의 분신이었다

까탈스런 형을 위해
나무 간판 새기다
전기 톱날에
무명지를 날렸다
피 철철 흘리며
아우는 형을 사랑했다

아우는 부모 곁을 지켰고
바치는 삶을
유산으로 받았다

해피트리

처음 내 집 드는 날
부자 되세요
떠억 나비 리본 달고서
입양 온 해피트리

몇 번을 이주하며
스무 해가 지났는데
부자 주인 아니래도
해피한 소명 다했을까
깍지벌레 따라서
먼 길 떠났네

뼈만 남은 가지

함께한 세월 차마 잊힐까
앙상한 빈 몸에
형형색색 스카프만
만장처럼 매달아 놓았네

철없는 매화

떠나 올 때마다 눈에 밟히던 길
돌아서면 차마 발걸음이 떨어지지 않던 길
남겨진 식구들이 가뭇토록 손 흔들어 주던 길
등 뒤로 흥건히 어머니 눈물 고이던 길

오랜 유랑 끝에 돌아오면 그제서야 살 것만 같던 집
먼발치에서도 벌써 반기시던 집, 어머니 집
몰아 쉬던 아버지 숨소리가 가득한 집
정갈한 마당이 바로 어머니였던 집
여전히 부엌엔 엄마 냄새 물씬한데
이제는 액자 속에서만 환하게 반기시는 집
눈 감으면 더욱 선해지는 우리 집

집 떠나는 정월에
일찍 핀 매화더러 저만 피면 뭐한답니까
벌도 나비도 없는데 철딱서니 없는 것이라는
아우 말을 뒤에 두고
어쩐다지 어쩐다지 돌아보고 또 돌아보던 그리운 고향 집

초식 草食

언 땅 풀리고
산비탈 황토밭이
웅성웅성 일어나면
워낭소리 가벼웁고
음매음매 소 울음 들판 가득

갈아 엎어진 붉은 밭고랑 따라
발에 채이듯
챙기 보습에 뽑혀 나온 하얀 띠뿌리
미영베 책보 빗겨 매고
무장한 검정 고무신 한 무리
이삭 줍듯 고사리 손에
전리품이 한 움큼
봄은 아이들이 데려온다

참새 입에 물린 풀잎 마냥
잘근 씹고서 뱉어 내고
여린 목을 타고 넘는 달콤함도 잠시
깔깔한 뿌리껍을 소똥처럼 토해낸다

밭길 따라 논길 따라

움멍움멍 큰 눈가에 노랑나비 내려 앉고

널따란 콧잔등엔 성긴 땀방울

평생을 여물만 되새김한다

선물

작은 텃밭
상추 쑥갓 가지 열무 파
저대로 또록또록 태깔도 고운데
사열하듯
눈길 머문 곳마다
다소곳이 묻어나는 아릿한 손길

가슴 깊은 곳에
착실하게 가꿔 온
먹먹한 시간의 응답일까
지난 세월의 호미로
후벼 파 키워낸
쓰라린 애증일까

　언제라도 들러
　가져다 드세요

어느 분이 보내셨나
선하고 예쁜 님

구선 鳩仙

산과 들판을 지나 바다로 빠지기 전
딱 그만큼에 있었던 그곳
코흘리개 우리들이 하루 종일 뒹굴어도
넘치도록 넉넉했던 황토 찰흙 동산
찰지고 아늑하고 촉촉하고 서늘해서
늘 엄마 가슴 같았던 그곳
미끄러져 몸을 던지면 바다 갯벌이
부드럽게 받아 주었던 우리들 세상
보리밥 조개가 두 손 가득 잡히고
맨몸을 던져도 상처 하나 없던 곳
닿으면 바다고 만지면 갯벌이었던 우리들의 슈필라움
찰흙 머드팩으로 온몸이 다이아몬드처럼 빛났던 구선
우리들의 천국 우리들만의 전설 우리 속의 신화
몇 개의 낮은 언덕과 야트막한 계곡이 어울러
해 저물도록 숨바꼭질했던 곳
예쁜 첫사랑 경자와 늘 함께 숨곤 했던 곳
놀이가 끝난 후에도 달빛 가득 담기고 밤하늘 별이
무수히 쏟아져 내렸던 아득한 그곳
꿈꾸면 꿈을 꾸면 꿈속의 배경이었던 우리들만 아는 곳

생각하면 생각해보면 한없이 먹먹한 곳

이제는 사라지고 없는 곳 가슴속에만 꽃이 피고 꽃이 지는 곳

우리들의 퀴렌시아querencia, 구선

아우

현장에서
쇳덩이 잘리고 갈려
그 소리 귀에 박혀 편하고 정겨우니
음악이지 말입니다

고공을 넘나들며
떡 주무르듯 가벼우니
그 또한 시詩이지 말입니다

그려 아우야
평생을 노상에서 뜨겁게 살아 왔으니
네 몸 쇳물이 되고 쇳덩이 되지 않았나
강인한 심장 터지고 손가락 잘려 나가고

몸은 쇠를 이기지 못한다
오직 넘을 수 있으니
부디 맞서는 일 없기를
다시는 가슴에 널 묻지 않기를

저 들판에

동이 트고
간간히 쑥국새 낮게 울고
확돌 가는 소리에 긴 잠 깨어나면
배는 늘 등에 붙어 있었지

윗목 수숫대 꽝통
얼마 남은 고구마에는
군데군데 저승꽃 내려 앉고
나눠 덮은 광목 이불 끝에 매달린 아이들의 볼태기

쩌엉
얼음 방죽 녹기 시작하고
붉은 황토밭 고랑 사이로
부스스 서릿발 사그라지면
순한 바람 들녘 끝에서 불어오지

파란 보리싹 쑤욱 고개 밀고
화기애애 웃음소리 아침 도리상

검정 고무신 앞코는

벌써 들판으로 내달리고 있었지

농익고 치열한,
신서정의 세계로

문상금(시인)

농익고 치열한,
신서정의 세계로

문상금

(시인)

    최원칠 시인의 첫 시집『돌매화』에 들어있는 66편의 시 속에 나타난 시어들은 전반적으로 따뜻하고 섬세한 서정을 내포하고 있다. 따뜻하다는 것은 제주의 바람처럼 거칠고 매섭다가도 끝내는 훈풍으로 불어와 서로가 서로를 끌어안는 휴머니즘과 연계가 된다고 할 수 있겠다. 또 섬세한 서정이라는 것은 건조하고 단단한 모래사막 같은 현실 세계에서 여전히 동심의 세계 같은 순수한 내면을 많이 유지하고 있다는 뜻이 되겠다. 그래서 최 시인의 시편들은 섬세한 미학적 시어들과 전통적인 보편의 시어들이 많이 나타나고 있다.

개화하는 순간을 볼 수 있었다면

이다지도 놀라움이 컸겠습니까

맨몸으로 겨울을 견디고

가지마다 물이 오르고 꽃눈을 달고

붉은 유두처럼 봉긋하더니

팝콘 터지듯 일제히 피어나는 기습에

어안이 벙벙합니다

웬만하면 지나칠 무심한 시선들마저

한동안 붙잡아 놓고 맙니다

한낮 태양보다 강렬한

흰빛 성찬에

마음 둘 곳 모릅니다

몸 둘 곳을 모르겠습니다

원치 않아도 불쑥 찾아왔던 사랑처럼

가을에 떠났던 불귀의 옛사랑처럼

사랑이 피고, 지는

관조의 능력을 가졌다면

이토록 감당 못 할 몸살이야 났겠습니까

이 순간이 영원할 줄 알았다면 무턱대고

소심한 가슴 철렁 내려앉았겠습니까

그보다 먼저 피어났을 서늘한 가슴속에도

꽃 그림자 길게 남아 있음을

이제사 알게 되었습니다

잇몸 드러나게 환하게 웃던 날들이

두 손 가지런히 내어 주셨던 그 순간이

찬란한 벚꽃 그늘 속에 피어났음을

- '벚꽃' 전문

벚꽃은 시적 소재로 많이 표현되는 것 중 하나이다. 활짝 개화하는 그 순간의 놀라움만큼이나 짧은 개화의 시간 때문에 벚꽃은 더 특별하게 다가오는 것이다. 이 세상에 영원한 것은 없다. 하늘이며 땅이며 바다며 사랑하는 사람의 마음까지도 시시각각 변해간다. 그 변화를 잘 알고 있음에도 그 '환한 벚꽃'의 '서늘한 그늘 아래'에서 '옛사랑'이나 '몸살' 혹은 '꽃 그림자'가 길게 남는 순간을 시로 표현해 낸 시적 발상이 놀랍다.

그날따라

극심한 서풍이 불었다던가

수천 길 솟아 오른 응회 잿더미 날아와

쌓이고 쌓인 척박한 땅 뱅디

수많은 일월이 충적되었다 한들
누가 알겠는가
쇠막 옆 두엄 삭을 대로 삭아
사구 언덕에 섞일 때
감수굴 밭담길 워낭소리 들렸나니

웅크려 앉은 새茅 지붕 앞 폭낭 한 그루
키 작은 울담가엔 구렁비낭 몇 주
우영팟 도루겡이 동남으로 앉히면
평대 아방집 이만하면 되수꽈

진드르 알뜨르 아니라 하마터면
삼거리 신화는 누게가 만들었을까
한번 물 준 뒤 끊으면 바로 죽는다 했지
검은 머들 사이로 초록빛 일렁이고
주황빛 뿌리 짱짱하게 밑 들면
이만하면 어떠리 죽어간들 어떠리

- '향당근香糖根' 전문

문학文學 작업은 특히 시詩 작업은 휴머니즘이다. 분노와 혼란, 좌절과 배신, 완벽과 대체가 난무亂舞하는 이 시대에 쉽게 꺼지지 않는, 끊임없이 되살아나는 불씨 한 톨의 역할과 시세계를 지향할 수 있으면 금상첨

화라 할 수 있겠다.

　　당신의 비행기는 17번 게이트에서
　　탑승을 시작하겠습니다

　　한참을 서둘러 기다리다
　　수백 날의 그리움이 먼저 당도하던 곳
　　너는 등으로 울고
　　뒷모습 따라가며 홀로 남겨진 곳

　　떠나고 만나고
　　또 만나기 위해 떠나는 곳
　　설렘은 항상 눈물이었던 곳

　　사무치게 그리워하게 되더라도
　　부디 소프트 랜딩

- '공항' 전문

　사람들은 많은 말들을 하면서 이 험난한 세상을 살아가고 있고 수많은 사연들과 아픔들을 지닌 채 살아간다. '공항'이라는 좀 색다른 소재를 통하여 삶 속의 만남과 이별 그리고 그리움과 슬픔, 설렘 등을 노래하고 있다. 최 시인은 아마 다른 이들보다 공항을 오고

가는 일들이 많았을 것이다. 주로 생활하는 일상에서
그 일상과 관련된 시들이 많이 태어나기도 한다. 늘
따뜻한 마음의 여유를 가지고 세상을 바라보고 있는
시인의 시각을 여실하게 보여준다.

중산간 유채밭

노랗게 눈물 번지다

그 길 따라 곧장 가면

하늘에 닿을까

검은 바다 이를까

매캐한 연기

거문오름 감싸돌고

풀린 두 발은

돌 밭뙈기 채인다

눈물이 가는 길

눈물만 아는 길

- '길' 전문

중산간 길을 걸어가다 보면 괜히 눈물이 난다, 유채
밭이나 찔레밭이나 보리밭을 지나 그 길 따라 곧장 가

다 보면 진득진득한 사연들과 매캐한 연기들이 묻어나는 거문오름, 시인이 가는 길은 눈물이 가는 길은 그리고 눈물만 아는 길은 과연 무엇일까. 그 길 끝엔 하늘이 있을까, 검은 바다가 있을까. 창작을 함에 있어서 시적 상상력은 많은 비중을 차지한다. 시편 곳곳에서 풍부한 시적 상상력을 엿볼 수 있다.

> 바람 인다
> 가슴속 한 가닥 그리움 인다
> 탱자 흰 꽃 언덕길에
> 아르노 강가에서 마주친 베아트리체처럼
> 단 한 번 검은 눈빛만 남겨놓고
> 흔적도 없이
> 지나간 바람이었다
>
> ‒ ‘고해' 부분

‘바람은 어디에도 머무르지 않는다.'는 숱한 말처럼 늘 마음의 안과 밖에서는 쉴 새 없이 강약의 바람이 불어온다. 시인은 묶어두지 않는다. 묶는다는 행위는 집착을 낳고 욕망을 낳는 일이기 때문이다. 그리움의 바람이 불어오고 그 바람이 흔적도 없이 지나갈 때도 담담하게 그것들을 관조할 따름이다.

우리는 왜 싸우는 걸까?

마지막 공이 울리기 전에 묻고 싶다
몸은 괜찮나요?
아직도 헝그리하신가요?

- '공' 부분

원래 폭압의 나팔이었거나
붉은 깃발 아래 묶였다 해도
타고난 반역으로 밀어내 풀려났으니
원 없이 울려 퍼지라
높은 데서 낮은 데로 마음껏 떨리시라

- '트럼펫' 부분

   시는 거꾸로 바라보는 세상이다. 시는 뒤집기다. 어떤 사실을 그대로 읽는 것이 아니라 반대로 생각해볼 필요도 있는 것이다. 사각의 링 안에 갇혀서 공이 울리면 순식간에 달려들어 '레프트, 라이트, 훅훅' 주먹을 휘두르며 피투성이가 되도록 싸워서 이겨야함에도 불구하고 '우리는 왜 싸우는 걸까' 하고 '마지막 공이 울리기 전에 묻고 싶다'며 오히려 반문하고 있다. 시인은 왜 묻는 걸까? 오롯이 독자의 몫이다.

'타고난 반역으로 풀려났으니, 원 없이 울려 퍼지라', '높은 데서 낮은 데로' 어쩌면 최 시인은 트럼펫의 떨림의 소리를 자유롭게 풀어주면서 행복과 평안을 위하여 소망하고 있다. 그런 소망 속에서 오히려 영혼은 더욱 순수해지고 적막해지고 정결해지는 것이다.

태어나기를
대숲이었다
바람 없는 날에도
스스로
바람 일고
썩고 비루한 세상엔
새벽처럼
서로 서걱대며
날을 세웠고
꼿꼿했던 장죽은
한번의 낫질에
푸른 피를 토하며
시퍼런 죽창이 되었다

눈물이 세상을 덮고
열혈이 강물처럼 흘러도
무념의 구름은 일고

이제

얼레를 떠난 너를 축복해야 한다

가당치 않은 세상에서

지극히 자유롭다

- '연鳶' 전문

　결국 '서걱대며 날을 세우고 피를 토하며 시퍼런 죽창이 되었지만', '얼레를 떠난 연을 축복'하는 그 드넓은 푸른 하늘 길 따라 날아가는 자유를 인정해주고 풀어주는 화해의식을 하고 있다. '가당치 않은 세상', '만만하지 않은 세상', '이 풍진 세상에서' 시인이 꿈꾸는 것은 '지극히 자유롭다'처럼 '자유로운 세상'이기도 하다.

백록담 아래

별꽃 피다

억겁 품었다가

차갑게 식어 버린

바위 위에

초롱초롱 별무리 뜨다

지상에 뿌려 놓은

당신의

마지막 눈물일까

그렁그렁 희다

- '돌매화' 전문

돌매화의 꽃말은 '천상의 꽃'이다. 한라산 암벽에 뿌리내려 살아가는 이 세상에서 제일 작은 상록관목이며 멸종위기식물이다. 봄을 견디고 여름이 되어서야 비로소 흰 꽃을 피운다. 짧은 운문으로부터 터져 나오는 강한 울림이 있는 시이다.

숱한 시인들은, 자기성찰로 내면세계를 응시하면서 자신의 불성을 발견해냄은 물론이거니와, 또 다른 사람과 만물들, 온갖 산천초목의 불성을 찾아내어 거칠고 세련된 언어로 표현해내는 작업을 하는 사람들이다.

특히 제주에 살고 있는 시인들은 신들의 비밀도 시로 표현해낸다. 그러고 보면 제주 시인들은 혹 '차사본풀이'에 나오는 강림차사저승사자, 이승에서 일어나는 사건들에 깊이 공감하며 울고 웃는 감성적인 존재의 후예들일지도 모르겠다.

그 숨어있는 신들의 소곤대는 비밀을, 그 비밀에 깃든 불성까지도 찾아내어, 언어로 표현해내는 작업을 하는 시인은 밤낮 시를 쓰지 않고는 배겨낼 수가 없다. 그래서 신명난 무당의 굿판처럼 또 한바탕 시를 쓰곤 하는 것이다.

서귀포에서 최 시인과 '돌매화' 얘기를 나눈 적이 있다. 필자도 네 번째 시집 『꽃에 미친 女子』에 '한라산 암매'를 발표하였고 시낭송도 수차례 하였으며 이일구 작곡가에 의해 가곡으로 작곡도 된 '돌매화' 시가 있어서 더 반가웠다. 필자는 '피투성이 되어 한라산 암벽을 매일 오르내리고' '밤마다 큰 함성 지르는' 돌매화의 여리면서도 강인한 모습을 노래하였다. 똑같은 소재로 최 시인은 '억겁 품었다가 차갑게 식어버린 바위 위에 뜬 초롱초롱 별무리'로 '지상에 뿌려놓은 마지막 눈물'로 표현하고 있다.

사물들은 각각의 존재 이유가 있으며 그 존재 이유를 시인을 통하여 몸짓 손짓으로 표현해 달라고 하고 있다. 이것을 받아들여 표현해내는 대리자인 시인들의 시각과 관점은 아주 다양하다는 것을 엿볼 수 있다. '지상에 뿌려놓은 마지막 눈물' '백록담 아래' '그렁그렁, 핀 별꽃'들은 제주에서 제일 높이 하늘과 맞닿은 한라산 백록담을 중심으로 피어난 '돌매화'가 바로 시적 화자이며 시인 그 자신이며 하늘이나 우주와 소통하고자 하는 특별한 의지의 표현의식으로 발현하고 있음을 볼 수 있다.

동이 트고
간간히 쑥국새 낮게 울고
확돌 가는 소리에 긴 잠 깨어나면
배는 늘 등에 붙어 있었지

윗목 수숫대 꽝통
얼마 남은 고구마에는
군데군데 저승꽃 내려 앉고
나눠 덮은 광목 이불 끝에 매달린 아이들의 볼태기

쩌엉
얼음 방죽 녹기 시작하고
붉은 황토밭 고랑 사이로
부스스 서릿발 사그라지면
순한 바람 들녘 끝에서 불어오지

파란 보리싹 쑤욱 고개 밀고
화기애애 웃음소리 아침 도리상

검정 고무신 앞코는

벌써 들판으로 내달리고 있지

- '저 들판에' 전문

누구나 유년의 추억들이 있다. 아픔이나 비명도 세월이 흐르면 모두 그리움으로 남듯이 늘 동은 터올 것이고 긴 잠 속 허기질지라도 쩡쩡 얼음 녹고 순한 바람 저 들녘 끝에서 불어오기 시작하면 보리싹은 쑥쑥, '꼭꼭 밟으라, 보리는 잘 밟아주어야 잘 자란다'는 말처럼 마음의 싹들도 잘 자라 화기애애한 웃음소리들이 들판으로 내달리고 있는 모습들이 눈에 선하다.

몇 년 전 제주시에 사는 양대영 시인이 '서귀포로 찾아뵙겠습니다.'란 기별과 함께 동행한 분이 바로 최원칠 시인이었다. 전남 영암 출신으로 한라산문학 동인활동을 하고 있다고 하였다. 두툼한 습작품들이 가득 담긴 갈색 봉투와 그 예리한 눈빛이 만만치 않겠구나, 첫 인상이었다. 따뜻한 전통과 서정을 때로는 날카로움을 품고 있는 그 시편들은 '심상'으로 출가하여도 잘 맞겠다는 생각이 들었다. 며칠 후에 박목월 시인 제자이시며 박목월 시인이 창간하신 '심상'으로 1975년에 등단하신 아윤 한기팔 원로시인과 상의하였고 여러번 만날 기회를 가지면서 서귀포를 오고가며 차츰 시

공부를 더불어 하게 되었다.

섶섬이 바라다보이는 보목마을에서 제피잎 듬뿍 넣은 자리강회와 자리물회를 먹으면서 때로는 소남머리 근처에서 박목월 시인이 좋아하셨다던 자장면을 덩달아 먹으면서 그렇게 저렇게 시를 통해 또 연결이 되었던 것이다. "시퍼런 이십 대 초에, 서울생활에 뭐 수중에 돈이 있었겠나? 늘 배가 고팠었지. 그래도 시는 꼭 쓰고 싶어서, 시 한두 편 꼬깃꼬깃 적어서 원효로 박목월 시인 자택으로 들어서면," "한 군, 밥은 먹었는가, 자장면이나 한 그릇 할까?" 하시며 자장면을 사주셨다는 한기팔 원로시인의 일화를 들으며, 그 시만큼이나 따뜻하고 자상하셨던 목월 시인의 한 면을 또 엿보게 되었다.

비누가 시인이라면 흰 거품은 시를 짓는 일이다. 흰 거품이 흘러가는 것은 카타르시스, 즉 정화淨化로 가는 길이다. 시라는 돛단배를 타고 망망대해茫茫大海, 정화淨化의 바다, 화엄華嚴의 빛나는 바다로 떠내려가는 것이다, 온몸 흰 피 내뿜으며.

결국 시업詩業은, 쉼 없는 꿈틀거림, 끊임없이 걸어가야 할 마땅한 이유다. 그렇듯이 시를 써내려가는 것, 이 지상에 굳은 심지 하나로 중심中心을 잡아 내리는 일이다.

  박목월 시인은 '시'라는 작품에서 '나는/흔들리는 저울대/시詩는/그것을 고누려는 추錘'라 하였다. 절대 균형을 이루려는 시의 세계와 늘 흔들리는 일상 세계 사이의 긴장을 말함이다. 흔들림으로부터 자유로울 수는 없지만 그 흔들림을 고누려는 추의 역할과 의지를 시를 통하여 충분히 표현해 낼 수 있는 것이다.

  최원칠 시인은 2021년 7월 '심상'으로 등단을 하게 되었고 꾸준히 시전문지 '심상'에 신작발표를 하고 이제『돌매화』란 첫 시집을 내게 되었다. 습작을 하고 등단을 하고 또 첫 시집을 엮어낸다는 것은 산고의 진통을 이겨내고 첫 아이를 분만하는 것이나 마찬가지이다. '늦은 나이까지 가슴 깊은 곳에 포란한 채 부화의 날을 꿈꾸어 왔다는, 내연해서 피어난 그 시라는 꽃이고 패인 상처이며 마른 갈증이며 동시에 넘치는 봇물'이라는 그 시를 열심히 창작하여 신서정의 세계로 부단히 나아가기를 바란다.

돌매화

2023년 5월 10일 초판 1쇄 발행

지은이   최원칠
펴낸이   김영훈
편집   김지희
디자인   이은아
편집부   부건영, 강은미, 김영훈
펴낸곳   한그루
            제주특별자치도 제주시 복지로1길 21
            전화 064-723-7580   전송 064-753-7580
            전자우편 onetreebook@daum.net 누리방 onetreebook.com

ISBN 979-11-6867-097-6 (03810)

이 책은 제주특별자치도와 제주문화예술재단의 2023년도 문화예술지원사업의
후원을 받아 발간되었습니다.

값 10,000원